보리깜부기와 『구혼광고』와 흰 그림자의 삶

김·승·종·시·집

신세림

보리깜부기와 『구혼광고』와 흰 그림자의 삶

김·승·종·시·집

시음병자와 얄미운 시란 놈과 그 잠언·1

나는 시가 무엇인지 정말 모릅니다.
하지만
하지만
쓰면 쓸수록 정이 더 드는
울 할머니 사랑스러운 질그릇처럼
참 좋은걸요
문덕
귀호
본관—
배달겨레 맥박 속에서 뛰는
우리 가락
이 바탕위에 세워진 선경대 고루거각
마루에서 무릎 맞대고 빙 둘러앉아
'시의 술잔'을 기분 좋게 서로서로
기울여봄은 또…
나의 시의 삶은—
모든 '一체' 따위들과의 외면의 미학이며
쓰면 쓸 수록 모르는 것이 늘 뒤따르는
정신의 분신투성쟁이이며
만인에게 부치는 청승맞을 낙서장이며
천사보다 낯선 시골여인의
그 메아리 계곡에서
정나미 풍기는
싱그러운 10월의 향기입니다.
(이것 뭐,
도깨비 오줌 같은 시냐?!
제길할? … —오발탄임)

핫, 묻는다면?!
나, 항용 산의 큰 경전에서
천만 년의 침묵 깨우치고 있습니다.
나는 시가 무엇인지
정말정말 모릅니다.

고행의 길— 시의 길을 걸음에 있어
지팽이며
우산이며
기름등잔이며
불씨이며를
항상
정히 챙겨주신
여러 선배님들과 벗들께
큰 절을 올립니다.

그리고
이 시집을 펴내주는데
자자신고의 성원을 주신
한국『동방문학』사의 이시환 시인님과
중국 연변의 저명한 소설가 묵주 정세봉 선생님께
충심으로 되는 사의를
삼가 올립니다.

1일 10월 2003년
故鄉에서

차례

$2 \cdot$ 찬란한 대화

차
례

3 · 신新 血의 淚

1

구혼광고

정월대보름의 미

부럼
귀밝이술
오곡밥 해 먹기
복쌈 먹기
마디좀놀이(가막다기, 구럭다기)
놋다리 밟기
다리 밟기(답교놀이)
나락가리대
달맞이
달집태우기
봉죽놀이
사자놀이
쥐불놀이
지신밟기
가신제…

아하~
건곤왕대신 슬하에서
이끼 누런 산울림─
하얀 욕(欲) 고향너머
솟─
　　는─

다—

태식의 미

백두산
세상 1번지
산천어 999
쫑― 쫑―
《통일각》에 와 닿고…

한라산
세상 1번지
북어 999
쫑― 쫑―
《평화의 집》에 와 닿고…

두 세상 1번지
꼬챙이로 산천어 북어 쭉― 꿰어도
후유―
이날은 핫,
저물어만 가오.

문틈으로 보는 문과 문 사이

사발고의들과
사발잠방이들이
사발사발 서로서로 뒤엉켜 추켜들고
사발농사 앗습니다

사발막걸이는 새벽돌이 간지 오래고
사발색은 새새틈틈 없습니다
사발지석 어기고
사발통문 올린 탓으로
사발사발 구메밥마저 앗습니다
사말허통 하기만 합니다

여보십시오
큰 사발도
작은 사발도
이 빠진 사발도 전혀 싫습니다
그저그저
제가 들고 왔던
　원래 빈 사발이라도
　　돌려만 주십시오

도난기

…속 히우다
…속이다
…속뵈이다
…속보다
…속뽑히다
…속뽑다
…

정문(頂門)은 오고 간데 없고
사수 배우기
암수 익히기
외수 외우기

반의 반 컵의 물에서 뺄셈도 하며
말라빠진 빵덩이도 짓찢기우며
헐메기마저도…
항하사＝1056마저도…
―후유…

길 찾는 광고·2

…하였었다
…하였다
…하고
…하메
…하다
…할 것이다

…되었었다
…되었다
…되고
…되며
…되다
…될 것이다
…
메로 간 적도 있었다
아는 체 하며 허드레꾼이 된 일도 있었다
좨치며 열어가며
윤이 나고 부리기 좋게
지로꾼은 없고…
모퉁이는 많고…
앞 폭은…

뒷 폭은…
좌편 우편 넓히기—소소명명히
뚫는 솜씨를 익히기—길이길이

요각凹角의 미

도금 입은 은물결
넘실넘실 건너건너 은두 꽃수레
허기영허기영 넘어넘어 은영
스리슬쩍 즈려밟아 은토길
향기로이 살짝꿍 입에 문 은방울꽃
우아스레 뒤꽂이 은섭옥, 은죽절
으시대는 은율 탈춤
흐드러지는 건넛방 은서
은근자 은근자 은근자(隱君子)
생도활계(生道活計) 은근자
곱자 집 곱추와 곱삶이네 은근자와…
으흥으흥…

빛의 하루·3

맥(脈),
맥,
맥,

진단(震檀)
마늘 스무 통
쑥 한 다발

단군
아사달(阿斯達)
원년(元年)

1443
세종대왕
14＋10

리순신
거북선
세계최초

3434

3434
3543

두만강
백두옹
호랑이
24개 틀
맥, 맥, 맥…

새로운 게임 또 시작하건만…

그 무슨 웅뎅이에서
그 무슨 볼 빼앗기 시합이 있으면
그 무슨 퍼어런 옷을 입은 딱정벌레들이
그 무슨 뒷거래를 서슴없이 하고…

그 무슨 강가에서
그 무슨 헤엄콩클이 있으면
그 무슨 꺼어먼 옷을 입은 잡동사니들이
그 무슨 강샘거래를 너나없이 하고…

그 무슨 퍼어런 옷과
그 무슨 꺼어먼 옷들이
그 무슨 비바람앞에 세워보면
그 무슨 산화제일철이어서
그 무슨 꺼어먼 녹들이 더덕더덕 하늘만큼이나 슬어
그 무슨 왈가당절가당 던지고 말고…

그 무슨 20명 아이들의 게임 끝나고
그 무슨 20+1명 아이들의 게임 또 시작하고
그 무슨 어느 대륙에서
그 무슨 아롱다롱 웅장하다는

그 무슨 새로운 게임이 또 시작하고 있는 이때…

꽃과 벙어리와 그리고…

꽃을,
좋아하지
않을 이가…

예쁜 꽃은,
뭇
사람들의
눈매를
하냥…

현숙한 아낙
뭇
사람들의
심처를
하냥…

오늘,
할 말이
더
없다…

체네의 방송국

정말
핫, 정말…
아낙네란—
아낙네… 아낙네다…

새벽부터
주파수 높이 시작되는
《옷밥》프로

또—
이어지는 《남정네》타령

또—
가담가담 끼워 파는
　《애년애놈》광고

또 —
그 사이사이 곁 달아지는
　비타민 A, B, C들…

—노래기 회도 먹는다나…

뒷집에서 뱉어낸 앞 골목

· 아유, — 어디서 이렇게 큰 물고기들을 이리도 많이 잡아 왔슈?

· 양, 노르웨이인지 뭐, 《고로롱팔십》인지 한 어른한테서 얻어 가진 맹폭약에다가 두루두루뭉수리 C89호까지 섞어 가지고 두만강에 나가 터치워 잡았슈!

· 무시게라우, 21, 10, 1833인지 스웨리예이인지《ㄴㅗㅂㅔㄹ》인지 터널을 뚫던 이인지 피난처 혈액소 소장인지 한 사람한테서 말이유?!

· 쳇, (헛소리!)
위대한＝정확한＝영명한＝혁혁한＝과학가＝공헌자＝
파괴자＝오염전파자＝훼멸자＝장본인＝막후조종자…

· 어—이—, 이걸 누구하구 절대 말하지 마우. 절대 비밀이우, 그렇지 않으면 그저 이렇게 썩뚝! 썩뚝이요!

· ㅎㅎㅎ, ㅊㅊㅊ, ㅋ, ㅋ, ㅋ…
—뒷집에서 뱉어낸 앞 골목 너머

요지음 황사에 떡갈나무는 가슴 부여잡고 신음하고 있
우.

새벽·2

이제껏
이 내 몸에
성스러운 십자가가
이렇게 짊어져 있는 줄을 몰랐습니다

이제껏
이 내 가슴속에
성금요일과
성심성월이
그렇게도 효행효오와 함께 모자람을 참 몰랐습니다

아―버―님―

바람의 등과 그리고…

바람
바람
진종일 그렇게도 다사다망하다가도
어디서 어디서
기나긴 다리품 털어버리시우
어디서 어디서
달콤한 새우잠 쉬시우?

바람은
바람은
허공의
단꿈과 함께
사립짝 틈틈이에서
차분히 다리품 털어버린다우
돌 틈바구니에서
콜콜 새우잠 잔다우

  저 바람 등의 본
    바랑(?)은
      항용 비워있다

그 날도 늦가을 비가 때도 모르고
―세상을 찾던 그 날

내(川)없이 삭막한 그리움
안팎에 빗 매인 시간
월편 저 영(嶺)밑에 소실된 소망
어둠과 어둠에 그을은 침묵

두레박은―

그리움 샘솟아 흐르고
시간은 짓썰며 안팎 지나 으시대고
소망은 불타 재(嶺)로 솟아 용솟음치고
침묵은 창 열어 찬란히 새벽 맞으려 하고…

그 날을
그린다
늦가을 비가 때도 모르고
세상을 찾던 그 날―

오늘도
긴긴
하루해를 용케도
되새김 하며지고…

찬란한 대화 · 54

가다가 되돌아보다,
또 그러기에 더 보고 싶은—
《잃어버린 너》
드라마 제목이 끄먹끄먹 달아나오다
《…참, 야속한 사람…》
자꾸만 눈언저리 비비며
빈 가슴만 애써 추슬러짐은—
무르익는 가을 저녁,
새벽 108,
검은 대문,
묵묵부답—

한 세월
영원할 것만 같던
젊음도 끝내는
세상의 티끌로도 남지 못하는
삶의 넋두리…
핏기 없는 나뭇잎 뒹구는 속에
자랑스럽지 못한 종장
—끝!

투영도

《옳지 않으면 말이 번거로움,
진실이 아니면 숨이 참,
옳지 않으면 안색이 변함,
진실이 아니면 잘 못 들음,
옳지 않으면 눈에 정기가 없음…》

골고다의 언덕에서
진실무위와
진선진미와
진심갈력과 진안막변을
진동항아리에 넣는다
이 내 마음까지
이 내 마음까지
두 손 합장하고
-21
기도하는 기도하는—
청정＝10

쥣불에 그을린 들판,
홀가분한 느낌을 배우기.

바람앞에서

세웠다 주루룩!
축이 세 개(너겁, 나깨, 타천)
서로
서로
서로
잘도 만난
점으로 떨어지는 직각—

하지만
하지만
하지만
드러나는
윤곽 선문

너, 나, 타(티끌, 쭉정이, 알맹이)
그 꼴놀림
세세히
몫몫

—내 탓!(너, 나, 타, 자신을 알라)
천국은 네 안에 있다

산지기의 넋두리

시를 쓴답시고 히히대던 이, 시를 쓰고 읽는 것이 별스런 《취미》로 치부하는 그 어떤 《싱겁고 좀 어딘가 모자랄 사 한 사람》이 저 해 저문 산언덕에 걸터앉아 그 무언가 바라보며 희무시 웃는 까닭은…

시는 바로 그 사람, 항시 스스로 그 언제나 지성의 아픈 회초리를 맞으며 시의 길을 열어 가는 그 어떤 《싱겁고 좀 어딘가 모자랄 사 한 사람》이 저 노을 한 자락 베먹은 산언덕에 걸터앉아 진솔하고 고독한 삶의 넋두리를 유유히 토해내는 까닭은…

시의 종착역은 없다, 시의 종착역은 곧 시의 출발점. 시의 깊이와 무게의 깃발을 굳이 펄럭펄럭 날려보이려는 그 어떤 《싱겁고 좀 어딘가 모자랄 사 한 사람》이 또 시에도 높이의 깃발이 있다며 저 하얀 구름 두 조각이 서걱대는 산언덕에 걸터앉아 꿈의 풍경선 아롱아롱 날리는 까닭은…

시의 길은 늘 이제부터 시작이라고 늘 마음가짐으로 알찬 다듬이소리를 소중히 받아들이려는 그 어떤 《싱겁고 좀 어딘가 모자랄 사 한 사람》이 뭇 새, 뭇 벌레들 울음소리에 지친 저 산언덕에 걸터앉아 흙내음, 풀내음 한껏 맛갈스레, 걸탐스레 심호흡하는 까닭은…

《¥》이란 놈은—

경계가 삼엄한 요철의 부딪침 속에서
몇 년만에 어쩌다 만났다
고급요리 냄새마저 맡아본지 오래다
또 어쩌다 만난 이산가족들이, —
또 그리다 못해 눈물겹게 만났다고
또 이렇게 저렇게 잘 배열된
　　비타민 A, B, C… 스케줄에 따라
　　몇 푼 어치 가랑잎 따위에 얹히여
시글벅글 사구려시장에 번듯이 되다시 나왔다가
그 누군가가 부르듯 횡하니
이 주머니에 저 주머니에 홀리우다
산지사방에 흩어져
오르막 길 내리막 길 제 갈 길을
핫, 참 잘도 간다…
　　　잘도 간다…
또　　또
찡　　빵
고　　고
·　　·

·　　·

·　　·

허수아비 형태소形態素

오늘 아침부터
점심께 넘어
배님의 시장기를 출출히 달래이며
가부에 가부를 짓느라 거수가계 노릇 무척 얼마나
 했는지 모릅니다…

그리고
또
애매한 박수를
수벽(手臂)님이 얼큰덜큰 아프게
 그 얼마나 쳐댔는지 모릅니다

얼바람둥이 얼바람 맞기
얼러꿍 덜러꿍
언 발에 오줌누기
히히히…
호호호…

구혼광고

①
금자탑 허물리우고
역성 혁(革)명(命)…
벼룩은 피난처 없고…

②

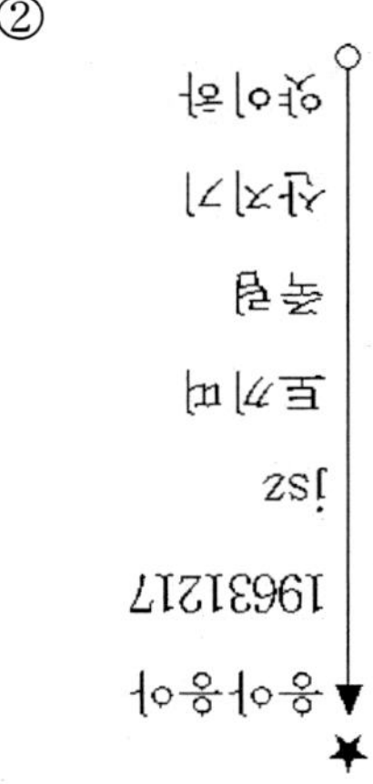

③
석새삼베것에 열 새바느질
석새짚신에 구슬감기

④
핫,

《…에 보리알》

⑤

…렁물죽팥렁물＝물렁팥죽물렁…

…고메이목에밥만물＝물만밥에목이메고

⑥

―네 탓?

―내 탓!

2

찬란한 대화

새벽의 그 시작은— 그 끝은—

태초에
하늘이
열리고
그 신화가
시작된다!

그 시작은—
세상을
위한
사랑!!

태초의
여인,
생명의
어머니—
마고(麻姑)

그 끝은
세상을
위한
희생!!

주식시장에서 만난 친구에게

《…천장에서 팔고
바닥에서 살 궁리를 버려야…
무릎에서 사서
어깨에서 팔아야…
바닥에서는 사기 어렵고
천장에서는 팔기 어렵기 때문…
바닥에서 사고
천장에서 팔겠다는 욕심을 내면
중간허리에서 미리 사서 항상 고생하고
중턱 너머에서 미리 팔면 큰 이익 손실 보매…》

―생선의 꼬리와
        대가리는
            고양이에게―

사내대장부
—형 명(明)에게

오로지
하나의 《주의》—
황하,
장강,
장성,
쵸몰랑마봉 뛰어넘어
붉은 선으로만—
큰 획으로
　　　굿
　　　　는
　　　　　다.

무제

내 문 앞에서 분명히 걸어가고 있었습니다…
내 수확(水廊) 속에 있던
　　　전
　　　족
　　　은
　　　점점
　　　　　사
　　　　　라
　　　　　　져
　　　　　　　가
　　　　　　　　고 있었습니다…

하늘과 구름사이에 무엇인가
　점점 얼굴을 내밀고
　　각별한 것이 분명히
　　　얼굴을 빠금히 내밀고
　　　　있었습니다…

석양홍의 미

그리움과   고독과
　　그　　　　　　　고
　　리　　　　　　　독
　　움　　　　　　　이
　　이
　　썩—　　　　　잘 익은—
흐드러지게　　　향기로이
　　피　　　　　　　향
　　어　　　　　　　기
　　나　　　　　　　로
　　는　　　　　　　운
　　꽃　　　　　　　술

빛의 하루·2

뛴다—개살구꽃 부서진다
감귤 딴다—찬다
밟는다—베잠뱅이 달라붙는다
보리고개 녹는다—친다
피한다—별빛 그리움 여전타
10월의 향기 묻어난다—찌른다
뚫는다—비둘기가슴 터친다
섬도의 서리발 파헤친다—막는다
때린다—반도의 슬기 톺는다

화랑, 충무, 계백…
천치틀, 단군틀, 을지틀… 24개 틀,
1955 창헌 최홍희(崔泓熙) 태권도
1443 세종대왕 훈민정음과 더불어 빛나거니
고국 국(國技)의 무도예술,
그 매력 영원불멸…
변화무쌍한 배달겨레의 얼,
그 매력 영원불멸…영원불멸…
아, 그 이름 태권도!

커다란 넋 · 6
—훈춘 동북범의 죽음에 화답함

옹노에 걸렸다가
뛰쳐나왔다가
그 일을 저질렀다가
또 산등성이를 헤매다가
또 다른 그 일을 저질렀을까

혹은…

그 일을 저지른 뒤이다가
옹노에 걸렸다가
뛰쳐나왔다가
또 산등성이를 헤매다가
또 다른 그 일을 저질렀을까
.   .   .

.   .   .

.   .   .

휘음(諱音)   비탄(悲歎)   앙갚음…
휘음…   비탄…   앙갚음…
천읍지애(天泣地哀) 부월부당 복심지질(腹心之疾)
천읍지애…   부월부당…   복심지질…

커다란 넋

—창희, 철호 두 시인에게

…그저
소란 놈은
《엄—마—》
하고
영각소리 낼 때에만
딱 소 되고 싶어한다…

쇠 코뚤에다가
쇠뿔에 동여진 바줄에다가
쇠 멍에에다가
쇠 목바에다가
쇠 후걸이에다가
쇠…덜커당덜커당…쇠달구지…

쇠심떠깨까지에다가
쇠좆매까지에다가
쇠…쩝쩝쩝쩝…쇠똥구리…

쇠가 쇠를 먹고
살이 살을 먹는다…
…《쇠》되고 싶어하지 않는다…

커다란 넋·3

워낙 숭석(崇昔)엔
딱—
있을 것만 있었다우

그 둥그라미위에는—

워낙
숭석엔
딱—
없을 것은 없었다우

그 저편 위에는—

《一체》 따위란 놈은 잡동사니와 함께 늘어만 가고
향기 없는 둥치는 흐느끼며
엊그제 숲을 그리고…

—모두들 안녕하시우…

바다너머로 열린 지친 골목

아침 느지막이
매일매일
엉뎅이에 운동장 벌리는 골목,
부시시 비벼대는 눈 눈…
파지 쥐고 달려갔다 되려 들어오는 골목골목,
여기 서남가 69번지 찾아 헤매 도는 골목골목,
허리와 엉뎅이 사이의 그 크나큰 골짜기
그 너머너머너머너머로
세기와 더불어 《21＋눈높이》=… 가지는 골목골목,

하느님 맙시사 변소문 열쇠 열며 투덜투덜…
나무아미타불 변소문 열쇠 잠그며 투덜투덜…
하건만,
바자 굽에 제멋대로 난 해바라기와
　줄당콩들이 한 졸가기 새벽장 짓썰어 먹은 채 히히
　히…
또 여기저기에 높낮이로 가로세로
얼기설기 진을 치는
저기 저 거미떼들 시간 맞춰 여달음하는 이 보고 흐
　물흐물…

또 《21＋눈높이》를 선도하는 우편함도
　날마다 기쁨《囍》자 버젓이 나붙은 대문
　힐끔 쳐다보다 얼굴 해쓱 질리고

또 그 지겹고 그 질척이는 아득한 터널 건너건너
　한 일자로 파란 하늘만 보이는
　그 사이사이 봉긋한 두 고개
　　하냥 고독과 그리움만 짜내고—

오, 그 언제나 즐겁던 동구밖 어구의 그리움은
　지쳐지쳐 쉰 소리 내다내다
　하얀 안개로 몸부림친다

그 무렵에 그 무루에로—

요지음
참 24기와 72후가 병들었다 야단입니다
요지음
핫, 요지음
모두들 말일이 온다고 법석입니다

요지음
더구나
믿음과 소망과 기대치를
돌확에 넣고 빻는 일에 무척이나 곤혹에 곤혹을 치
　룹니다

믿습니까?
건방과—
믿읍지 않습니까?
곤방과—
믿읍십시오
구궁과—
믿을가요
그 누구와
그 누구를 누비며—

서로서로
눈빛과 눈빛 사이에
믿음은 곰이 징그럽게 피고—

서로서로
헐벗고 굶주린 색법에
믿음은 흉측스레 발등 찍히고—

새로이
새롭게
내린다
내리려니
극(極)에 걸려 바둥대는
성스러운 햇빛 무섭습니다

오, 염통방 문
철커덩 저절로 닫겨짐은 또—
그 무렵에
그 무루(無漏)에로
닿고닿고 싶습니다…

69kg짜리 뉴스

①
그 날도 얼굴 붉혔던가 말았던가
할아버지도—
아버지도—
나도—
하냥 그 검은 숲을 사냥했고…
흥청이는 언덕을 향해 질주했고…
인젠 몇 차 대전인지
그 누구도 모를 한가로운 새벽—

.

.

.

②
너덜대는 두 자락의 넋과
홉(毫)너머 서로 즐거움을 빼앗는 유희와 소소리치
  는 (빠알간×계곡＋하아얀×두 무덤)과
괴춤 훔치며 도망가는 진솔한 개울물과

.

.

.

③

도망가던 진솔한 개울물은
늦게나마 자백한다…

　　　·

　　　·

　　　·

④

얼굴의 지도는 영원히 지울 수 없고
개울가에 새하얀 코신 한 짝
댕그란히 놓여 있고…

　　　·

　　　·

　　　·

⑤

건(乾)방, 곤(坤)방, 간(艮)방, 태(兌)방,
감(坎)방, 이(離)방, 손(巽)방, 진(震)방…
두드러진 보물고이다 하냥—

　　　·

　　　·

　　　·

⑥
앗, 녹색식품이 아니외다
그는
매일매일
형체가
문드러져가고 있소이다

·

·

·

진단서

다소간
설익은
A,
B,
C,
·

·

·

설익은
소리
소리
다 털어 버려야지

쳇,
애걸복걸 털어지지 않겠다면
한 열 뒤 가락

·

·

·

연장을 단단히 갈아 가지고
썩뚝,

썩뚝,
썩뚝,
·
·
·
다 잘라버려야지
핫, 꽃뱀에
홀려들지 못하고서야
핫, 잘잘못
소리
소리에서
껍질을 거세하지 못하고서야…

또—
흥, 다 잘라버려야지

새,
새장에 갇혀서도
새는
제 목소리로 마냥 소리한다

새,
새장에 갇혀있는
새는
그 울음소리 마냥 구슬프다

—모두들 안녕하시우…

망향편지

홀로 만든
고요를
열 두 조각 베어내어
주절대는
빈 시간을 보며
잘근잘근 씹다 못해
고요가
떠올린 고향에
망향편지
띄   다
　　운

찬란한 대화·1

단풍잎 하나
빙그레 웃으며
박우물에 실린다

보고 싶어 한 여름
그리워 한 가을…

황홀한 꿈 두 조각
차분히 마음자락에 드리워
바람 속의 무게를 달아본다
박우물 속 깊이를 훔친다

박우물 하나
단풍잎 하나

대보름일화
―찬란한 대화·2

대보름에 모였다
건방에서 왔다
간방에서 왔다
밭두리에 하얗게
모여왔다

꿀꿀… 돼지띠도 뛴다
멍멍… 개띠도 뛴다
매매… 양띠도 뛴다
움머… 소띠도 뛴다
오홍… 말띠도 뛴다

잡는다 잡혔다
얹힌다 얹혔다
앞서거니 뒤서거니
뒤서거니 앞서거니
어머
뒷방귀 나간다
뛰자, 아뭏튼 같이 뛰자

69간이점에 슬쩍

98노래방에 어슬렁
108안마원 문 앞에 흐르는 물결…

나가자
나가잔다
나간다

그루바꿈이다
으응
이히잉
건방 패들 잘도 논다
간방 쪽이 지랴
밭두리에서 어화둥둥
새하야니 어절씨구

대보름에 열린 추억
주렁주렁… 이쁘다

문덕곡文德曲을 아는 것은
―찬란한 대화 · 16

부드러움이다가
고요로움이다가
그리움이다가
또 하나의 호(毫)이다가

66권이다가
36계이다가
38선이다가
또 하나의 한(恨)이다가

자유평등이다가
평등행복이다가
소망소망이다가
또 하나의 홉(合)이다가

촉촉하다
틈틈이
삼삼하다
서서히
문덕곡(文德曲)을 육근이
다

안
다

찬란한 대화 · 27

①
등장인물 : ㄴ, ㉡
시간 : 유명(幽明)
지점 : ㅁ

②
ㄴ : … …
㉡ : 뒤로 넘어졌다
　　참 아프다
ㄴ : ~~~
㉡ : 으흐흥…

③
유명 두 조각
ㄴ, ㉡한테
빨강이 빨강이
잘도 타 죽는다

소망

동서남북 드나들며 헤매는 소리
메마른 돈 포수들의 광란의 소리인가
자정 넘어 지저귀다
차라리 대답 궁해라
청사슴들은 옹노 피해
햇빛 쪼임하다《ㅑ》자로 너부러지다

서슴없이 꿋꿋이 일어서는 소리
하얗게 성칼스레 서로 다투는 소리인가
갈한 목 축일새 없이 밤장막 뜯어먹다
수평선 눈 헐게 찾는 모대김과
서러움으로 쏟아지는 눈알과 눈알이
뿜어대던 메아리 또 한 번 고요를 찾다

새벽을 낳던 도회지의 서글픈 소음
오늘도 고향의 멧새 울음 그리다
별찌되어 반 공중에 떨어지다
서서히 두 손 합장하고 무릎 꿇는다

동그라미의 방백
—찬란한 대화 · 69

살금살금 슬금슬금… 굼닐면서
동그라미가 흐득흐득 좋다 아니하다

타원형도 삼각형이 되고
삼각형도 평행사변형이 되고
평행사변형도 정방형이 되고
정방형이 제형이 되고 되다
제형이 정방형이 되고 되다
……
쿵덕쿵 쿵쿵
벅차서 좋다 아니하다
으흐으흐으흐 아—
날카로와 좋다 아니하다

눈과 동공을 때리는 색깔
귀와 귀청을 째는 소리
코와 후각을 저미는 향기
혀와 혀뿌리를 빼는 맛
그리고—

몸과 통감

뜻과 법

6×6＝36

어제

오늘

래일

36×3＝108

망념… 망념… 망념

모든 것이 도망가 좋다 아니하다

열려있는 10월

깊어 너무 깊어 좋다 아니하다

익어가는 10월

한 마당 흔전만전 좋다 아니하다

산간의 건곤(乾坤)

단풍비에 흠뻑 젖어 좋다좋다 아니하다

3

신新 血의 淚

우리의 이 곳은
—청산리전적지 직소(直沼)에서

쪽박과
쪽지게와
괴나리보짐과
두루마기와
열두폭치마와
색동저고리와
넘어넘어넘어
두만강 건너왔소
압록강 건너왔소
새하야니 새하야니
천지가에 모였소

—《그런 일이 있은 후
　　남의 손아귀에서나마
　　부러운 놈의 꿈만 꿨다》했소

—땅! 돌격!
천강지용적이었소
무궁한 숨결이었소
당당한 자치의 일원이었소

―《늘 같은 생각이지만
제일 부러운건 (하얀) 뼈가
곧추 서 (저 푸른) 하늘 (떠)
받치는 힘깨나 (썩 잘) 쓰는
(겨레) 시민의 힘이다》했소

기념비 하나

그때는 아직은 몰랐습니다
뇌수는 있어도 어떤 이는—

온 세상 소용돌이 속에서 용암이 되고
가슴 저미는 채찍소리에서 자본을 낳고
하나의 필승의 신념으로 좁쌀에 보총이 되고
고르롭게 들려오는 동음 속에서 섭리되고
한 생의 사명과 동반하며
한 줄기의 붉은 주 선율이 되는—

오늘도 다는 모릅니다
마음 구겨진 어떤 이는—

태풍이 휘몰아쳐도 세월은 흘러도
뇌성이 울부짖어도 천추에 불멸하는
금자탑마냥 드팀없이
그 언제나 하얗게 솟는
기념비 하나

창천은 알리
거룩하고 영명한 존재를—

반석 같은 기념비 하나
영원히 깨뜨릴 수 없는 기념비 하나
온 세상 마음 마음들에
하나의 《주의》로 발산하는 결정체 하나
거연한 탑으로 마냥 솟는
오, 심장 속에 솟는 기념비 하나!

새벽

어머님
어머님
어머님은—
남을 위한 종소리를
　　　그렇게도 많이 쳐주셨소이다

어머님
어머님
어머님은—
자신을 위한 종소리는
　　　단 한 번도 못 쳐보고 가셨소이다

어— 머— 님! —

단풍

—누님　후남(后男)에게

노랗게 익어가다
　　빨갛게 번져오다
그리움의 넋이 모여
　　등심으로 타는 뭇 산

우
러
러
보는 사이에
　　내 마음도
　　　불　불
　　　불　불

신新 血의 淚·1

그 사람 하나   그림자 하나
그냥 하나   분수 하나
잊은 채   벽 한 채
다시 한 가닥   찢어진 샅 한 가닥
곱다니 한 판   꽃술 젖은 들판 한 판
또 만나다 한 판   또 불이 붙는다 한 판

《세상은 고독한 방이다
붉은 신호등에 걸린 삶이다
오늘은 너무 좋다
별이 보인다
출렁인다
읽는다
그림자 하나 없는 하얀 봄, 하얀 봄을
너는
봄을 죽여라》

신新 血의 淚·2

그 누리는—

지금—
두 극에서
고드름이 잘도
녹는다…

우문우답·1

오늘 밤 참말로 잠 안 오오
집 개도 짖소
저 집 개도 짖소
이 집 개도 짖소
저 마을 개도 짖소
이 마을 개도 짖소
강건너 마을 개도 짖소
산밑 마을 개도 짖소
모두 모두 그냥 짖어대오
더벅머리 텁석부리 떠돌이
그림자와 그림자를 보고 짖소
《술병들기》를 모른다 짖어대오
《허리굽히기》를 전혀 모른다 짖어대오

우문우답·2

오늘 밤 조용하다
집 개도
저 집 개도
이 마을 개도
저 마을 개도
강건너 마을 개도
산밑 마을 개도
모두 모두 짖지 않는다
뒷문 여는 시늉
양복에 넥타이 매는 시늉
살뜰히 살뜰히
다 배운 모양

우문우답 · 4

한 마리 개도
　　개
두 마리 개도
　　개
천 마리 개도
　　개
한 마리 개가 짖어도
　　개
두 마리 개가 짖어도
　　개
두 마리 개가 싸움하는걸 구경하는 것도
　　개

침묵을 깨면 소리가 난다

우문우답·5

나무들이 없는 들판은
　　　　　　─쓸쓸한 젖가슴
꿀벌이 날아들지 않는 꽃은
　　　　　　─가냘픈 웃음
새들이 날아들지 않는 나무는
　　　　　　─고독한 《독도》

미투리는 이 새벽에도
스적스적 걸어온다

우문우답 · 10

개꼬리 삼 년 묵으면
요지음 세월엔
황모 된다 합디다
개같이 벌면
요지음 세월엔
정승같이 산다 합디다
개꼬락서니 미우면
요지음 세월엔
낙지 사준다 합디다

TV에서 신비한 《아리랑》이 방송됩니까?
요지음 세월엔…

$3+8=11$

$3-8=-5$

$3\times8=24$

$3\div8=0.375$

$\cdots$

$38-$

《X》(그름)

$3+8=1$

$3-8=1$

$3\times\ =1$

$3\div8=1$

$\cdots$

$38-$

《O》(옳음)

참, 내 탓!

낯선 시간에

없다가 있다가 좋다가
좋다가 있다가 없다가
없다가 좋다가 있다가
있다가 없다가 좋다가
좋다가 없다가 있다가

—찰칵찰칵… 찰칵찰칵…

나무는 말한다
나는 산새소리 듣기 좋다
꽃은 말한다
나는 꿀벌소리 듣기 좋다
모래는 말한다
나는 바람소리 듣기 좋다
바윗돌은 말한다
나는 여울소리 듣기 좋다
E선은 말한다
나는 사이렌소리 듣기 싫다

—찰칵찰칵… 찰칵찰칵…

좋다가 없다가 있다가
있다가 없다가 좋다가
없다가 좋다가 있다가
좋다가 있다가 없다가
없다가 있다가 좋다가

그 어느 날 그리고 지금…

(1)
쓸 것이다
썼다
써라

숯으로
먹으로
밤장막으로

썼다
써라

붉은 것으로
하얀 것으로
알 하나로

썼다
써라

그윽한 것으로
시큼털털한 것으로

노을 열 두 자락으로

그는 황소가 아니었다
《푸름》 영탄조

(2)
잘도 갈 것이다
잘도 간다
잘도 갔다

햇빛에
달빛에
별빛에

잘도 간다
잘도 갔다

산 너머로
피안으로
구름가로

잘도 간다
잘도 갔다

지옥으로
천당으로
황궁으로

황소가 그를 몰고 있었다
《누런》 영탄조

4

소리치는 계곡

비碑의 미

어느 날의 어느 날의 어느 날

봇나무 새하야니
세파 속 언덕길 톺다

죄다 갖는 나이테
바람과
비와
꿀벌과
새와…

존재를 시연하는 노을
부지런한 흙
향기와 인연없는 비탈
먼저 홀로서기의 겨울

귀머거리 울 할아버지
흰두루마기 펄럭이며
저 언덕에 고이 서있다

석쉼한 판소리

하얗게
하얗게
살
아
서
있
다

기도의 미

가마우지
세 마리
욕심쟁이
한치보기
08, 05, 1999
눈물 세 방울

꿈나무의 미

춧불 끌 무렵
무형의 그림자
곱게 흔들림은—

춧불 끌 무렵
커다란 그리움 하나
구름과 숨박곡질함은—

거미줄에 매달려
넋잃은 음악조차 못내는
둥그란 종소리—

아야야…

태초의 언어를
굽이굽이 나이테로 새기며
꼭 피고픈 나무, 새를 불러
도란도란 얘기도 나누고
누누 천 년…
누누 만 년…

노을의 미

고
독
과
고독과 고독이다가
       그   햇님이
       리   그리움으로 하냥
       움   발그무레 흐
그리움이다가   르
                        다
                        가
                     부
                  딪
                  친.
                피 피
                울 울
               음! 음!

메아리의 미

산은—
메아리를 맛보기 하다
삼키다
뱉는다
삼키다
뱉는다
삼키다
뱉는다
삼키다
?
?
?
참, 영 깨고소하다
산은—

그늘의 미

13인이 하나 더 보태
우두커니 서있는
이끼 돋은 골동품 속으로
들어가오 모두들
오늘은 묘지수건 의무로동에
한껏 나섰다오

하얀 새벽을 한 자락 메고
황색 오줌을 한 배짐 들쓰고
검은 밤장막 칭칭 두르고

파아란 기도를 들고
그리스도의 십자가 지고
(죄 없는 청동빛 구리거울이
    풍지박산 났다오)

탈바가지 쓰고
달구지 몰고
붉은 천 쪼가리 늘이며
스륵스륵 관널을 켠다며
나무못을 박는다며

(설계도《一체》 것은
　　　있는 둥
　　　　　없는 둥
　　　보는 둥
　　　　　마는 둥…)

그물코를 꿰어들고
밧줄을 꼬아들고
칼을 갈아들고
마지막 한 사람이
어마지두 심지에 당긴 불이
그만 죽었다오, 골동품 속에서
누렇게 괴여 오르는 피고름에

이제 한 해가 또 오거든
13인에 하나 더 보태
우두커니 서있는
저 청승맞을 골동품 속으로
또 들어가오
담당자이기에

풀무의 미

풀무—
할배의 맥맥한 피와
할매의 고르로운 숨결과
지성인의 대변인과
마냥 풋풋한 열 두 폭 인정미와
풀무—
그는 풍경 앞에 두 무릎 꿇은 쭉정이를 찾습니다

풀무—
서러움과 그리움에 절은 고독과
오로지 한 가슴 여전히 펼침과
성스러운 숙명적인 무한대와
황소의 역사를 거듭 묻지 않음과
풀무—
그는 무궁한 세기의 꿈을 잉태합니다

자화상의 미

세탁시 주의사항:

　　?눈은 코 위에 있기에 따가운 물은 싫소

　　?코는 눈 아래 있기에 비틀어서 물을 짜지 말 것

　　?입은 코 아래 있기에 1/8의 햇볕에 말리면 됨

　　?귀는 코 옆에 있기에 다리미질 못함

　　?얼굴의 지도는 영원히 지울 수 없음

품번호: 22242319631217241

성능: 브래지어＋삼각야광팬티＋스타킹만은 필요 없음

　　(하지만 앞으로 필요 되겠는지 잘 모르겠음)

규격: 밤이면 코를 골며 이빨을 몹시 갊

　　(그러나 오르가즘만은 없음)

색상: 황색 9호

공장가격: ∞원

소비자가격: ∞원

지점: 그림자뒤

소비자상담실: 굴뚝앞집에 기소해도 별문제임

특별주해: 녹색식품이 아님

　　　　(앗!)

※ 그는 매일매일 형체가 문드러져가고 있었다
추신: ···

소리치는 계곡

흐드러진다
오무라진다
익어 번져진다
끓어 번져진다…

진정 얻음은
계곡에서의 노랗게 구워지는 누드, 누드

진정 잃음은
거북섬에서의 행선지 없는 행글라이더

사랑은 길을 잃지 않는다

새벽 한 자락

　　—형 갑(甲)에게

개미 한 마리
지팡이 끝에 기여 오르다

오
르
고
오
르
고
또
올
라
도
교의(交椅)는 없다

첫 문을 여니
장미 웃고
둘째 문을 여니
십자가 기우뚱
셋째 문을 열 때
새벽은 한 자락 영원…

꼭대기
금관조복은 싫고
개미 한 마리
새벽 한 자락 메고
뛰어서 내린다
지팡이 위에서—
하나
둘
셋
?
?
?

흙 속에 묻힌 보리 한 알

보리 한 알
흙 속에 묻혔다
죽는다

따르릉…
첫 번째 수업은 그림 그리기

따르릉…
두 번째 수업은 채널 켜기

따르릉…
세 번째 수업은 불기둥 세우기

따르릉…
네 번째 수업은 잠깐…

보리 수천만억 알
흙 속에 묻혔다
죽는다, 소리 없이…

《7천만》영탄조

오해 아닌 오해다
시비 아닌 시비다
슬픔 아닌 고독이다
낭비 아닌 낭비낭비 최대 낭비이다
칼날이 서다, 모가 나 있었다
굴러굴러 둥그렇다
인젠 굴러굴러 부셔졌다
엉덩이 큰 거위 서성이다
넉가래 입에 올라 춤추다
그만 6자가 주워들고 부산피우다
9자의 저팔계 귀로 쏙 들어가 숨었다
새벽돌뱅이 8자가 주머니드리 하다
쌍가매네 황둥개에게 물리다
茂山집으로 침 맞으러 가다
오해 아닌 오해 아니다
시비 아닌 시비 아니다
슬픔 아닌 고독 아니다
낭비 아닌 낭비낭비 최대 낭비 아니다
참기름도 톡톡 치고 바르다
공허와 맛내기도 듬뿍하다
미풍에 잘도 이겨지고 반죽되다

들으면 들을수록 구수하다
서너 컬레 들어도 인젠 벌써 정이 간다
그 상을 맛보면 맛볼수록 깨고소하다
기적소리 없어도 간이역은 많다
밤새워 영혼 불살랐다
눈물도 말라버린 수은주 오락가락한다
해쓱한 붉은 신호등도 함구무언이다
불혹의 사계절도 망가졌다
곰팡이 낄 새도 없이 포장도 매끈하다
정교한 우표도 없이 잘도 오다 떠나다
없어도 있는 체 하다
있어도 없는 체 하다
알아도 모르는 체 하다
몰라도 아는 체 하다
들어도 못들은 체 하다
못 들어도 들은 체 하다
없어도 없는 체 아니하다
있어도 있는 체 아니하다
알아도 아는 체 아니하다
몰라도 모르는 체 아니하다
들어도 들은 체 아니하다

못 들어도 못들은 체 아니하다
《…체》붐에 명약 소용없다
《…체》따위는 …다
실사는 모체의 뿌리이다
눈과 눈 서럽다
귀와 귀 쟁쟁하다
눈과 눈, 귀와 귀 베일 속에 감싸이다
시비리아 동태 됐던 말이다
간도 만주땅에 날아와 와그르르 녹는다
한반도 한숨이 추도곡으로 울리다
장례대열 뒤에 잇따르는 결혼대열이다
바닷물에 k.W.히 절었던 말이다
꽃과 미엽(美葉) 혼백들이 부르는 노래 소리도 못 듣
  는다
지구촌 한 바퀴 반도 못 돌아 죽었다 살아난 말이다
낙타가 죽었다고 제사까지 지냈는데 말이다
핫! 불 봇짐 턱 메고 돌아왔단다
고독한 섬이 이 내 간장 빼먹었단다
땅과 하늘 엇바뀌어 잠꼬대하다
마음속에 고이 새길 수 없는 입 밖의 말이다
《붉은 것과 검은 것》도 읽었다

《흰 것과 0》도 통독했다
음부 없는 곡조는 마냥 곧잘 맞기도 하다
하얀 가슴속 깊숙이 시꺼먼 금이 가는거다
아직도 당신들은 아옹다옹이다
마음 너머로 진실이 일축되어야 하는거다
오해 아닌 최대의 죄악의 오해다
시비 아닌 최대의 죄악의 시비다
슬픔 아닌 최대의 죄악의 고독이다
낭비 아닌 최대의 죄악의 낭비이다
《7천만》은 번지 없다!
《7천만》은 고향 없다!!
세상은 참 별난 세상인가 보다
살아서 한 냥 짜리가 될까??
죽어서 천만 냥 짜리가 될까?!
모두들 종당엔 저— 높은 산아래
    작은《산》이 되련만!!!

봄우뢰, 골짜기 및 메우기
—속시

봄우뢰 운다
골짜기 메운다
마음과 마음 최대로 압축된다
오해 아닌 최대의 최대의 오해 아니다
시비 아닌 최대의 시비 아니다
슬픔 아닌 최대의 고독 아니다
낭비 아닌 최대의 최대의 낭비 아니다
《7천만》은 번지 있다!
《7천만》은 고향 있다!!

빛, 소금밭 그리고…

①
새벽 4시 30분 경
불개미들과 왕개미들이
저 쪽에서 이 쪽으로 기어간지도 오래다
쾌청한 거리거리
1차 전역
2차 남전
3차 토벌
4차 북전…

②
낮 10시 경
붉은 완장을 낀 할미꽃이
가장 순결한 숨결들을 쏟다
이 쪽에서 또 저 쪽으로 길을 틃다
4차 북전
3차 토벌
2차 남전
1차 전역…

③
정오 12시 경
게트림하는 한 오지독이
이리 비틀 저리 비틀…
고물점에서 나오다
광천수 꿀꺽 꿀꺽이며—

삐삐삐…
삐르륵 삐르륵…
수많은 직선곡선전파 머리를 찌르다
죄 없는 광천수병
길바닥에 탕!
—아이고 배야…

—와 —아이……
…
흔들흔들…
너덜너덜…
사색의 줄기는 없다
곁줄기마저 완전히 영 없다
용포차림새였다만

④

…

2차 남전

4차 북전

1차 전역

3차 토벌…

⑤

오후 3시 경

붉은 넥타이들이 오다가다

애매한 광천수병

이리 채우다

저리 채우다

흐느껴 울다

흑흑흑…

히히히…

호호호…

해해해…

새싹들의 사색 서리 맞은지 오래다

여리고 여린 이파리마저

영—

벌레 먹는다
에인 가슴이 소금밭을 지나다
참, 후유—…

⑥

오후 4시 30분 경
불쌍한 광천수병
넝마주이꾼 품에 안기다

⑦

?

?

?

색, 모양, 향기, 맛

참말로 참말로 핫, 이상하기도 했어요
아랫마을— 버들골 양계마을 닭들은—

핫, 글세 이런 일
아랫마을— 버들골 양계마을 닭들은 자기네 동네
로부터 아래로아래로 곧추 향해 평강벌 매일시장으
로 그 무슨 《소식통》 가지러 떠나가는 것이 아니라
꼭 꼬박꼬박 0.9리쯤이나 《윗쪽으로 윗쪽으로 거슬러
윗쪽으로 걸어》 윗마을— 염소아저씨네 마을로 《걸
쳐서》왼 심을 쓰며 왼쪽으로 굽어들어 竹林江과 늘
동무하는 징검다리를 또 《건너건너》이 쪽 진달래동
네에서 저 쪽 살구꽃동네로 또 한 0.8리쯤 《걸어걸
어》《버들골—평강벌》대통로가 키꺽다리 옥수수밭머
리에 있는 자그마한 간이역에서 장날 버스를 늘 타
군 해요

한 무리, 두 무리, 세 무리…
엊그제 엊그제도 또 그제도…
또 오늘도…

여보십시오!

이렇게 꼭 꼬박꼬박 《윗쪽으로 또 윗쪽으로 거슬러
윗쪽으로 걸어 또 걸쳐서 건너건너 또 걸어걸어 에
도는 것은》? ―
왜???
물었어요

에―익―!
꼬끼오 꼬끼오…
꼬꼬댁 꼬꼬댁…
대답해요
길이 몹시 질다는 둥
길이 참 좁다는 둥
길이 그렇게도 울퉁불퉁하다는 둥
이 길로는 죽어도 차가 못 통한다는 둥…
휴―

참말로 참말로 이상하기도 했어요
아니
또 참말로 참말로 이상하지도 않았어요
(아랫마을에서도 윗마을에서도 모두들 수재라 부
르는 염소아저씨도 《이 이상한 일을 이상히 여기지

않고》그저 덤덤해 있었어요)…

　(그후 늘《이 이상한 일을 이상히 여길 때》마다 수재— 염소아저씨는 사발굽만한 안경을 콧등에서 츄슬러 올리기도 하고 까아만 눈을 대룩대룩 굴리기도 하고 스포츠모자를 삐닥히 쓴 골을 늘 갸우뚱하기도 했어요)…

　참말로 참말로 핫, 이상하기도 했어요
　아랫마을— 버들골 양계마을 닭들은—

　핫, 글세 이런 일—
　오늘 버들골 양계마을로부터 곧추 아래로 아래로 평강벌 매일시장으로 그 무슨《소식통》을 가지러 가는 대통로를 시원스레 넓디넓게 평탄히 낸다며《꼭대기꼭대기》에서 오신 측량기를 멘《안경쟁이》잿빛 토끼가 이 양계마을에서 사는《덜먹총각》닭— 왕꼬끼오와 같이 설계도를 보며 다니더라나요…

　아— 색, 모양, 향기, 맛이여!

그림자 쫓기

그 어느 날—
그리웠습니다
호롱불이 또 죽습니다
빛과 빛끼리 뒤엉켜 저만치 물러섰습니다
어둠과 어둠끼리 짓뭉개치며
어둠의 그 두께와 깊이를 시위하며
나 아닌 나를 흑운위에서 엇밟습니다

하지만 주름살투성인 소리와
돌에 맞아 엉망진창이 된 소리가
빛 에돌아 어둠의 틈 사이를
굳이굳이 비집고 들어옵니다
나 아닌 십자가에서 슬프게 합니다
호롱불이 또 죽습니다
그리웠습니다
그 어느 날…

시음병자와 얄미운 시란 놈과 그 잠언 · 2

시란 이쁜 아가씨 핸드백 속에서 그 어떤 깜찍한 무언가를 빼내고 싶은 마음입니다.

시란 인생을 살아주는 것의 이미지이며, 버릴 것은 버리고 살아야 하는 이미지입니다.

좋은 시는 또한 천천히 오래 읽히는 법입니다.

시에 새로운 생명을 줄 때이며 시가 시로 존재할 필요성을 찾을 때입니다.

또한 좋은 시 한 수라도 쓰기란 쉽지 않습니다.

시란 그 누구와의 낙서행동입니다.

시란 미친 이의 뇌즙의 산물

시의 천국엔 멋쟁이들의 세상

6분 바지도 8분 바지도 좋지만 앙증맞게 옆 터침을 챙긴 치마 더 좋습니다.

그리고 목도리를 시원스레 트이게 한 셔츠도 좋고요, 배꼽도 살짝 드러내 보이는 레이스도 참 예쁘더군요.

시란 구속 없이 시장가에 나와 제 아름다움을 자랑하는, 아가씨들의 마음을 유혹하는 각양각색의 눈부신 여름옷입니다.

또 시란 살기가 너무 숨이 찬 세상에서 빈 항아리에 꽃꿈을 가득가득 채우는 작업입니다.

시간을 한껏 가지고 쓰는 시(?)는 늘 쓸쓸하고 슬프기만 합니다.

시란 어떤 구미에 맞춰 쓴다는 것은 너무나도 피곤한 일입니다.

시란 물리적 변화보다 화학적 반응의 가치조합이며, 고독의 산물이며, 신토불이(身土不二)이며, 낱말과 일상용어로 맛갈스레 그린 그림이며, 훌륭히 잘못 말하기이며, 완강한 부정이며, 잘못의 가장 매력적인 꽃입니다.

시의 작업은 낯설게 하기 작업입니다.

시인은 예언자가 되어야 합니다.

시란 그림자와 어둠이 때묻지 않는 찬란한 새벽을 찾는 궤적입니다…

시의 변화는 언어예술발전의 지름길이며, 시는 인체미의 누드예술의 최고경지입니다.

시음병자와 얄미운 시란 놈과 그 잠언… 히히히… 으악! ㅡ

부언이 있습니다.

따끔한 매 한 매 없이 늘 엄한 눈독으로 시골에서 1여 3남을 끌끌히 남 부럼없이 이끌어 사회에

내세워주신 竹林洞 정치대장 김홍영아버님, 그리고
자식들의 글공부 뒤바라지를 섬기느라 여름이면
늘 돼지능쟁이풀을 뜯어 이고 저녁 늦게 돌아오셨
고 또 겨울이면 쪽발구에 물개암나무를 해다 合作
社에 팔아 집 살림을 윤택나게 꾸준히 가꾸시던 윤
금자(철산)어머님— 이 두 분 영전에 이 못난 아들
의 시집을 고이 올립니다.

　여러분들의 가차없는 叱正을 빌면서—

　고행의 길— 詩의 길에서
　　계속
　　뛰고 뛸
　　　시음병자(詩淫病者)—
　　　和龍의 산지기— 竹林 金勝鐘으로부터.

보리깜부기와
『구혼광고』와
흰 그림자의 삶

2005년 12월 23일 초판인쇄
2005년 12월 30일 초판발행

지은이:김 승 종
펴낸이:이 혜 숙
펴낸곳:도서출판 신세림
주소:100-015 서울특별시 중구 충무로5가 19-9 부성B/D 702호
전화:02-2264-1972
팩스:02-2264-1973
E-mail:shinselim@chollian.net
등록일:1991. 12. 24
등록번호:제2-1298호

정가 6,000원

ISBN 89-5800-031-7, 03810